돈이 되고 싶은 아이

SEOUL, 2013

돈이 되고 싶은 아이

초판 제1쇄 발행일 2013년 9월 20일
초판 제24쇄 발행일 2022년 3월 20일
글 조성자 그림 주성희
발행인 박헌용, 윤호권 발행처 (주)시공사
주소 서울시 성동구 상원1길 22, 6-8층 (우편번호 04779)
대표전화 02-3486-6877 팩스(주문) 02-585-1247
홈페이지 www.sigongsa.com/www.sigongjunior.com
글 ⓒ 조성자, 2013 | 그림 ⓒ 주성희, 2013

ISBN 978-89-527-7010-3 74810
ISBN 978-89-527-5579-7 (세트)

*시공사는 시공간을 넘는 무한한 콘텐츠 세상을 만듭니다.
*시공사는 더 나은 내일을 함께 만들 여러분의 소중한 의견을 기다립니다.
*잘못 만들어진 책은 구입하신 곳에서 바꾸어 드립니다.

KC마크는 이 제품이 공통안전기준에 적합하였음을 의미합니다.
제조국 : 대한민국 사용 연령 : 8세 이상
책장에 손이 베이지 않게, 모서리에 다치지 않게 주의하세요.

돈이 되고 싶은 아이

조성자 글 · 주성희 그림

시공주니어

돈이 되고 싶어요

"아빠가 되고 싶어요."

아이들이 쿨렁쿨렁 웃기 시작했어요. 선생님도
배시시 웃네요.

아휴, 자신이 되고 싶은 사람을 말하라고 했는데
그만 말이 잘못 나왔지 뭐예요.

내 뒤에 앉은 아이가 큰 소리로 말했어요.

"오세지, 넌 여자인데 어떻게 아빠가 되냐?"

나는 고개를 푹 숙였어요.

선생님이 "커서 어떤 사람이 되고 싶니?"라고
물었거든요. 그래서 마음속으로 몇 번이나 같은 말을
되풀이했어요.

'저는 아빠처럼 요리사가 되고 싶습니다.'

그런데 중요한 말을 빼먹고 "아빠가 되고
싶어요."라고 말했지 뭐예요.

새로 바뀐 짝이 나를 보더니 이렇게 말하는 것 있죠?

"넌 여자니까 엄마가 되는 거고, 난 남자니까 아빠가 되는 거야."

안 그래도 속상한데 짝이 잘난 척을 해서 버럭 소리를 지르고 말았어요.

"알고 있다고!"

교실 안이 시끄러워졌어요.

선생님이 교탁을 탁탁 치며 말했어요.

"지금 선생님은 앞으로 너희가 되고 싶은 사람, 즉 어떤 직업을 가진 사람이 되고 싶은지 물은 거란다."

내 짝이 손을 번쩍 들더니 말했어요.

"선생님, 전, 돈이 되고 싶어요!"

어찌나 큰 소리로 말했던지 앞니 빠진 구멍 사이로 침이 튀어나왔어요.

우리 반 참견쟁이 수언이가 말했어요.

"돈이 아니라 똥을 잘못 말한 거 아니야? 똥!"
교실은 웃음소리로 천둥 치는 날처럼
시끄러워졌어요.
　선생님이 다시 교탁을 치면서 말했어요.
"운보야, 내가 묻는 건 인물, 즉 사람을 말하는

거야. 물건이 아니라⋯⋯."

내 짝은 선생님 말이 끝나기도 전에 신이 나서
말했어요.

"우리 엄마, 아빠는 항상 돈, 돈, 돈 이야기를 해요.
제가 장난감을 사 달라고 하면 '그놈의 돈이
없어서'라고 하고, 여행을 가자고 하면 돈이 너무
많이 든대요. 우리 할머니가 병원에 입원하셨는데
돈이 많이 필요하대요. 그래서 돈이 되고 싶어요."

내 짝은 앞니가 두 개나 빠졌는데도 발음이
정확한 편이에요. 가끔 그 구멍 사이로 색색 바람
지나가는 소리가 나지만요.

선생님이 살그머니 웃음을 지으며 말했어요.

"그럼 운보는 돈을 많이 버는 사람이 되고 싶은가
보구나. 돈이 될 수는 없으니까."

운보는 눈을 반짝이며 힘차게 고개를 끄덕였어요.

아무튼 우리 반에서는 나중에 커서 되고 싶은

사람이 엄청 많이 나왔어요. 짜장면 배달하는 사람,
버스나 지하철 운전하는 사람도 나왔어요.
여자아이들은 주로 선생님이나 가수가 되고 싶다고
했고, 남자아이들은 축구 선수가 되고 싶다고 제일
많이 대답했어요.

　그러고 보니 운보와 나만 이상한 대답을 했나
봐요. 공부가 끝나고 집에 가는 길에도 아이들이
놀리는 것을 보니 말이에요.

　"오아빠와 돈운보가 나란히 나란히 앉았습니다."

　그날부터 내 별명은 '오아빠'가 되고 운보는
'돈운보'가 되었지 뭐예요!

우리 아빠는 행복 요리사

현관문 비밀번호를 콕콕 누를 때 내 마음은
설레요.
　짠, 문을 열고 들어가면 맛있는 냄새가 발레 하듯
미끄러져서 내 코를
만지작거려요. 훅 달려드는
냄새보다 이렇게 코와
입을 간질이는 냄새가
훨씬 좋아요.

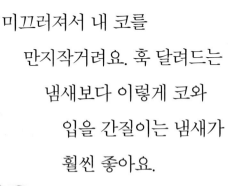

킁킁, 코를 벌름거려요.

냄새를 맡는 동안 학교에서 아이들이 '오아빠'라고
놀리던 일도 다 잊어버려요.

아, 내가 좋아하는 토마토 스파게티예요.

아빠가 나를 위해 준비하는 점심이지요.

나는 살금살금 발끝걸음으로 걸어가 아빠 뒤에서
소리를 질러요.

요리에 열중하고 있던 아빠는 정말 '으악!' 하고
큰 소리를 내면서 놀라요. 어느 날은 숟가락을
떨어뜨렸지 뭐예요!

"자, 우리 세지와 신나게 먹어 볼까?"

나는 식탁에 포크를 놓고 컵에 물을 따르고,
아빠는 따뜻하게 덥혀 놓은 커다란 접시에
스파게티를 쏟아요. 모락모락 피어오르는
김에서 〈알라딘의 마술 램프〉에 나오는 거인이
나타날 것만 같아요. 거인이 "주인님, 무엇을

원하십니까?"라고 물으면 나는 이렇게 대답할
거예요.

"아, 나는 아빠만 있으면 되거든."

그런데 아빠가 꺼내 놓은 접시는 엄마가 아끼는
보물 1호예요.

나는 살짝 걱정이 되어서 물었어요.

"아빠, 엄마가 알면 진짜 화낼 텐데?"

아빠는 눈을 찡긋하며 말했어요.

"어차피 접시는 쓰려고 산 거잖아. 몇 년 동안
'나 좀 써 주세요'라고 외치는데도 엄마가 안
들어주었지. 그렇지, 접시야?"

아빠는 능청스레 접시에게 말까지 시켰어요. 나는
그 모습을 보며 캐득캐득 웃었어요.

우리 아빠는 정말 재미있어요.

나는 아빠와 누가 더 크게 소리 내서 먹는지
시합까지 했어요.

엄마가 알면 진짜 큰일이에요. 엄마는 음식 먹을 때
소리를 내거나 입안에 음식을 넣고 말하면 절대 안
된다고 하거든요.
아빠와 난, 후루룩후루룩 소리를 내며 스파게티를
맛나게 먹었어요.
"내일은 부대찌개 만들어 먹자!"
아빠의 말에 나는 아빠와 포크를 부딪치며

하이파이브를 했어요.

　매일매일 난 소풍을 온 것처럼 신이 나요.

　밥을 먹고 나면 아빠와 나는 소파에서 책을 읽기도
하고, 간식도 만들어 먹어요. 엄마는 절대 못 하게
하는 설거지도 아빠는 내가 하고 싶으면 하라고 해요.
그러다 접시를 세 개나 깼지만요.

　　　　　"행복하게 사는 게 가장 중요해!
　　　　　하고 싶은 일을 하면서 살면
　　　　　행복해서 룰루랄라
　　　　　노래가 나오거든."
　　　　　그러고 보니,

정말 아빠는 요리 만들 때도 콧노래를 흥얼거리고
청소기 돌릴 때도 콧노래를 흥얼거려요.
　이래서 내가 아빠처럼 되고 싶다는 거지요.
　나도 아빠처럼 행복하게 살고 싶어요.

돈운보가
돈만 밝혀요

깜박 잊고 지우개를 안 갖고 온 날이에요.
선생님이 칠판에 적는 글씨를 따라 쓰다가 틀리게
적었지 뭐예요.

글씨를 똑바로 잘 쓰면 선생님이 공책에 '참!
잘했어요' 도장을 쿡 찍어 주는데, 그 도장을 받으면
기분이 엄청 좋거든요. 그 도장을 오십 번 받으면
선생님이 동화책 한 권을 선물로 준다고
약속했어요. 정말 기대돼요.

나는 눈치를 살피다 운보에게 말했어요.

"……운보야, 지우개 좀 빌려줄래?"

정말 상냥하게 윗입술이 도르르 말릴 정도로 활짝
웃으며 말했어요. 윗니 두 개, 아랫니 한 개가
빠져서 웃으면 내 약점이 다 드러나는데도요.

운보는 나를 힐끗 쳐다보더니 물었어요.

"얼마 줄 건데? 빌리는 값을 줘야지."

나는 기가 막혀서 입을 벌린 채 운보를
바라보았어요.

"세상에 공짜가 어디 있냐?"

얼마 줄래?

나는 머뭇거리다 가방을 뒤져 보았어요. 혹시 지우개가 있을까 싶어서요.

하지만 지우개도 없고 돈도 없어서 나는 한숨을 푸욱 내쉬었어요. 돈이 있어도 돈 주고 지우개를 빌리고 싶지는 않았어요.

마침, 운보 연필심이 뚝 부러졌어요. 손에 힘을 너무 주고 쓰더니 고것 참 고소하지 뭐예요.

순간 얼마 전에 산 연필깎이가 생각났어요.

나는 자신 있게 말했어요.

"이거 빌려 줄게. 여기다 연필 깎아. 지우개랑 잠깐 바꿔 쓰자."

운보 눈이 반짝 빛났어요. 운보는 연필깎이에 연필을 돌돌 돌리더니 뾰족하게 깎인 연필을 이리저리 살펴보았어요.

그러고는 대뜸 이렇게 말하는 것 있죠?

"연필깎이 얼마 주고 샀니? 나한테 팔아라."

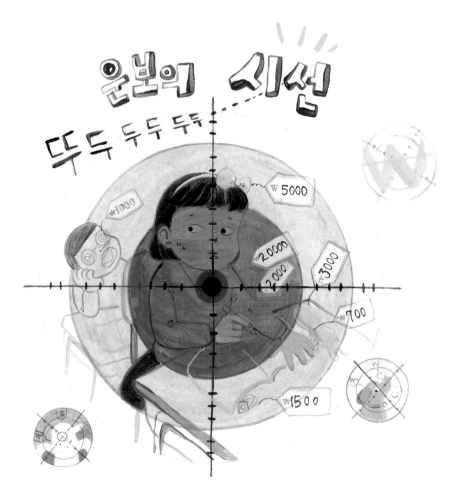

또 돈 이야기. 나는 인상을 쓰며 말했어요.

"연필깎이는 비싸. 그리고 아무리 돈을 많이 줘도 안 팔아."

아휴, 정말 걱정돼요. 이러다가 나도 운보처럼 모든

것을 돈, 돈, 돈으로 생각하면 어쩌죠?

운보는 입술을 삐죽 내밀며 툴툴거렸어요.

"그깟 고물딱지 연필깎이 안 산다."

칠판에 글씨를 쓰던 선생님이 뒤돌아서더니 매운 인상을 쓰며 말했어요.

"누가 이렇게 떠들지?"

그때, 운보가 손을 번쩍 들며 말했어요.

"선생님, 세지가 자꾸 지우개 빌려 달래요."

아휴, 이럴 수가!

난 운보를 향해 눈을 흘겼어요.

선생님이 부드럽게 말했어요.

"세지야, 다음부턴 지우개를 꼭 챙기렴. 오늘은 떠든 벌로 '참! 잘했어요' 도장 안 찍어 준다."

아아아, 정말 실망이에요! '참! 잘했어요' 도장을 내가 얼마나 기대했는데요…….

운보가 고소하다는 듯이 나를 향해 혓바닥을

날름거렸어요.

　돈, 돈, 돈밖에 모르는 '돈운보'가 정말 마음에 안
들어요.

내가 도둑이래요

운보가 계속 책상 서랍에 얼굴을 들이밀며
무엇인가를 찾고 있어요.

"어, 분명히 있었는데……."

운보 얼굴에 초조한 빛이 가득해요.

운보는 다시 자기 가방을 뒤져 본 후, 필통 안까지
샅샅이 살펴요. 그러다 바지 주머니까지 헤집어
보더니 울상을 짓는 거예요.

"히힝, 오늘 저녁 사 먹을 돈인데……. 어디 갔지?"

운보는 아예 가방을 뒤집어서 흔들어 대요.

나는 돈을 잃어버려서 쩔쩔매는 운보가 조금 불쌍했어요. 하지만 선생님이 학교엔 돈 갖고 오지 말라고 했는데 갖고 온 운보가 잘못이라는 생각이 들었어요.

어저께 운보가 선생님에게 고자질을 해서 '참! 잘했어요' 도장을 못 받은 일도 떠올랐어요. 선생님에게 "선생님! 운보가 학교에 돈 갖고 왔어요." 하고 이를까 하는 생각이 들었어요.

하지만 그 말은 목구멍에서 맴돌고 입 밖으로는 나오지 않았어요. 아빠가 고자질은 거짓말만큼 나쁜 짓이라고 했거든요. 게다가 운보가 돈 갖고 온 것을 보지도 못했잖아요.

그런데 운보가 갑자기 나를 쿡 찌르는 거예요.

"너, 혹시 내 돈 훔쳐 가지 않았어?"

으악! 정말 짜증이 났어요. 돈 갖고 온 것도

이르지 않았는데 날 도둑 취급하다니요.

나는 운보를 향해 버럭 소리를 질렀어요.

"야!!!"

순간 운보가 움찔했어요.

"그냥 물어본 건데…… 소리까지 지르고
있어……."

운보는 풀이 죽은 목소리로 말했어요.

그런데 내 목소리가 좀 컸나 봐요.

칠판에 글씨를 쓰던 선생님이 뒤돌아서서 가볍게
한숨을 쉬며 말했어요.

"아휴, 또 오세지와 차운보네. 무슨 일이니?"

어제처럼 운보가 고자질할 줄 알았는데 가만히
있는 것 있죠? 오히려 내가 이를까 봐 말긋말긋 내
눈치만 살폈어요.

나는 이를까 말까 망설였어요. 나를 도둑 취급한
것도 기분 나쁜데, 선생님에게 지적도 받고.

"선생님, 운보 돈 잃어버렸대요."

뒷자리에 앉은 아이가 나보다 빨리 말했어요.

그때였어요.

"으아아아앙!"

운보가 그만 울음을 터뜨렸어요.

"저런, 저런! 운보 돈 잃어버렸니? 선생님이
학교에 돈 갖고 오지 말라고 했는데……."

운보는 주먹으로 눈물을 훔치며
말했어요.
"잘못했어요……. 엄마가 저녁에
짜장면 사 먹으라고 오천 원 줬단
말이에요. 히힝힝!"

교실에서 아이들 목소리가 찌개 끓는 소리처럼
보글보글 들려왔어요.
　"아, 아깝다!"
　"짜장면 먹고 싶다!"
　"선생님, 운보가 불쌍해요. 공부 그만하고
돈 찾아 줘요!"

몇몇 아이들은 자기 책상 밑을 샅샅이 뒤졌어요.

운보가 좋은 생각이 났는지 코맹맹이 소리로 외쳤어요.

"내 돈 찾아 주면 반땡 할게!"

나는 '반땡'이 무슨 말인지 몰라 운보를 쳐다봤어요.

지우개 따먹기 대장인 명호가 외쳤어요.

"아싸! 이천오백 원!"

명호는 계산이 참 빠른 아이예요. 우리 반에서 수학을 가장 잘하거든요.

선생님이 교탁을 탁탁 쳤어요.

"자, 조용히! 운보는 앞으로 학교에 돈 갖고 오지 말고, 이상한 말도 쓰지 말고. 반땡이라니!"

운보가 말했어요.

"사촌 형이 제가 큰아빠에게 용돈을 받으면 반땡 하자고 해요. 사촌 형은 공부를 아주 잘하거든요.

공부 잘하는 형이 쓰니까 좋은 말 아니에요?"

선생님 입가에 살짝 웃음이 걸렸다 사라졌어요.

"우리가 평상시에 쓰는 고운 말이 아니에요. 그리고 여러분 중에 누구라도 돈을 찾으면 선생님에게 갖고 오세요. 운보 돈을 찾아 줬다고 반을 받겠다는 건 좋은 생각이 아니에요. 착한 일은 대가를 바라지 않고 하는 거예요."

하지만 그날 공부가 끝나는 시간까지 운보는 돈을 찾지 못했어요.

짝이 불쌍해 보여요

피아노 학원이 끝나고 집으로 가는 길이었어요.

나는 학원을 딱 한 군데만 다녀요.

엄마는 세 군데를 다녀야 한다고 힘주어 말했고,
아빠는 아빠와 집에서 놀면서 공부하면 된다고
한 군데도 다니지 말라고 목소리를 높여 말했어요.
엄마, 아빠 사이에서 내가 큰 소리로 외쳤어요.

"제가 선택할래요!"

그래서 피아노 학원만 다니게 되었지요.

피아노를 치면 손가락이 건반과 이야기를 나누는 것 같아 기분이 좋아요. 재잘재잘 건반과 이야기를 나누는지 손가락이 간질간질해요.

오늘은 맛난 짜장면 먹을 생각에 잔뜩 기대에 부풀어 집으로 향했어요. 운보가 학교에서 짜장면 이야기를 해서 아빠에게 짜장면을 만들어 달라고 부탁했거든요.

이제 막 우리 아파트 옆 놀이터를 지날 때였어요. 그네에 기운 없이 앉아 있는 아이가 보였어요.

어쩐지 낯익었어요. 보통 남자아이들보다 덥수룩한 머리를 푹 숙인 채 발로 모래를 쓸고 있는 아이는 아주 슬퍼 보였어요.

그 아이가 살짝 하늘을 향해 고개를 드는데······ 아, 운보였어요!

나는 얼른 얼굴을 돌렸어요.

'피, 돈만 아는 돈운보잖아. 게다가 나를 도둑

취급하고.'

나는 얼른 집으로
가려고 했어요.

그런데 선생님에게
'저녁에 짜장면 사
먹을 돈이에요.'라고
울먹이던 운보의 말이
내 뒷덜미를 잡아끌면서

걸음을 멈추게 하지 뭐예요! 돈을 못 찾았으니
짜장면을 못 사 먹을 것 아니에요.

'그게 나랑 무슨 상관이람!'

나는 생각을 쫓아내느라 머리를 털고 집으로
향했어요.

순간 아빠 말이 떠올랐어요.

"허허, 우리 세지 짝 운보는 꽤 재미있는 아이인걸.
언제 집에 한번 데려와라. 아빠가 맛난 것 해 줄게."

아까 오늘 있었던 돈 이야기와 하마터면 도둑이
될 뻔한 이야기를 했더니 아빠는 엉뚱하게도
운보를 감싸는 것 있죠? 게다가 집에 한번
데려오라니요?

하지만 아빠 말에는 힘이 있나 봐요. 나를
자석처럼 운보 가까이 데려갔으니
말이에요.

나는 운보에게 다가가
물었어요.

"너, 돈 찾았어?"

운보가 번쩍 고개를
들더니 힘없이 고개를
흔들었어요. 계속 발로
모래만 흩뜨리면서요.

나는 그냥 갈까
하다가 운보에게

말했어요.

"우리 아빠가 너 데리고 오래."

운보가 벌떡 일어서더니 뒷걸음질을 쳤어요.

"싫어! 나, 안 가! 나 혼내려고 그러지?"

겁먹은 운보의 얼굴을 보니 살짝 웃음이
나왔어요.

사고뭉치 사촌 동생을 보는 것 같아 나는 운보를
달래듯 말했어요.

"너, 짜장면 먹고 싶다고 했잖아. 우리 아빠가
짜장면 만들어 줄 거야."

그 말에 운보의 눈이 번쩍 뜨이더니 얼굴에
생기가 넘쳤어요.

"저, 정말? 너희 집 중국집 하니?"

그러나 운보는 곧 힘이 쭉 빠진 표정으로 얼굴을
밑으로 떨어뜨렸어요.

"……나, 안 가. 나 돈 없어……."

운보는 돈이 있어야 힘도 생기나 봐요.

"이런, 우리 아빠는 돈 안 받아. 우리 집은 중국집 아니야."

운보는 내 눈을 뚫어지게 보며 물었어요.

"정말?"

"싫으면 말든지."

난 그렇게 말하고 집으로 향했어요.

'따라오든지 말든지.'

운보와 이야기하다 보면 짜증이 나요. 말끝마다 돈, 돈, 돈! 나도 모르게 돈에 전염될까 기분이 이상해져요.

어느새 아파트 입구에 도착했어요. 혹시나 하고 뒤를 돌아봤는데, 운보가 강아지처럼 쫄레쫄레 쫓아오는 것 있죠?

솔직히 운보가 따라오지 말기를 마음속으로 바랐는데. 조금 귀찮기도 하고, 혹시 반 아이들이

보고 우리 사이를 이상하게 생각하면 어쩌나 하는
걱정도 들었거든요. 안 그래도 나와 운보는 '오아빠',
'돈운보'라는 별명이 동시에 생겼잖아요.
　그냥 모른 척하고 아파트로 들어가려는데 운보가
얼른 내 옆에 와서 강아지처럼 아양을 부렸어요.
　"생각해 봤는데…… 나, 너희 집 가고 싶어."
　그 말을 하면서 운보는 활짝 웃었어요.
　아, 앞니가 숭숭 두 개나 빠진 모습이 딱 내

얼굴을 보는 것 같아 기분이 묘했어요.

"알았어."

나는 마지못해 운보와 함께 엘리베이터를 탔어요.

그런데 정말, 정말 너무 후회가 되는 거예요.

혹시라도 운보와 내가 서로 좋아하는 사이로

소문날까 봐 걱정도 되었어요. 난 절대 돈만

좋아하는 남자아이를 좋아할 생각은 손톱만큼도,

아니 코딱지만큼도 없거든요.

되돌릴 수 있다면 아까 한 말을 무르고 싶었어요.
우씨, 운보를 괜히 불쌍하게 생각했나 봐요.

짜장면 더 주세요

"후루룩, 짭짭!"

"정말 맛있어요!"

"아저씨, 그런데 단무지는 없어요?"

"짜장면 더 주세요."

운보가 짜장면을 먹으면서 한 말들이에요.

운보는 식탁에 앉자마자 부리나케 짜장면을
먹었어요.

그런데 조금 전, 현관에 들어서면서 아빠 눈치를

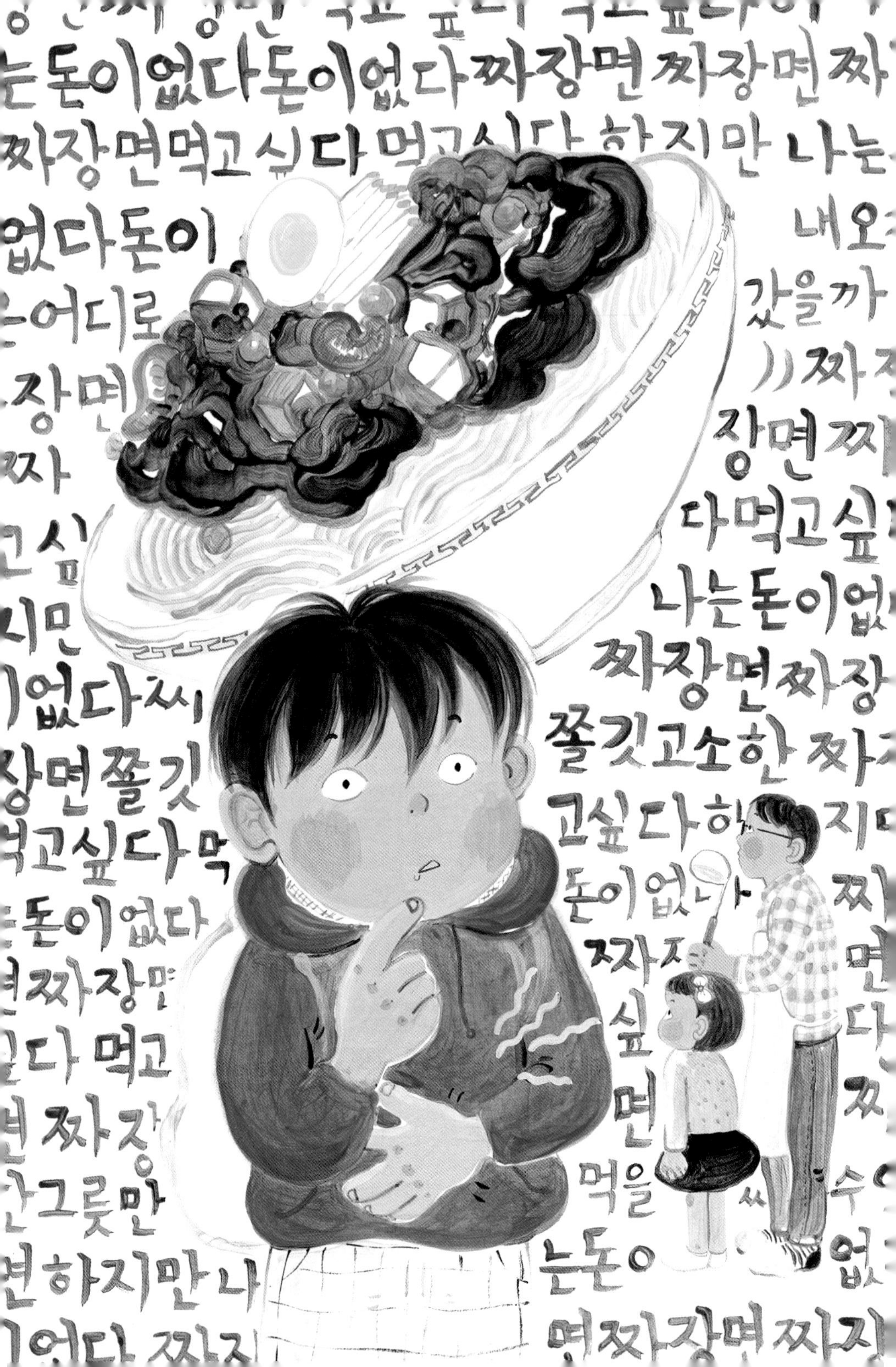

살피던 운보가 제일 먼저 한 말이 무엇인지 알아요?

"안녕하세요. 그런데 아저씨, 저…… 짜장면 먹을
돈 없어요."

"후하핫!"

아빠는 운보 말이 뭐가 그렇게 재미있는지 입을
크게 벌리고 한참 웃더라고요.

"아하, 우리 세지가 재미있는 짝을 만났네!"

아빠는 운보의 부스스한 머리를 쓰다듬어 주면서
말했어요.

"걱정 마라! 세상엔 돈보다 중요한 것이 많은데,
그중 하나가 인심이다."

운보는 눈을 말똥말똥 뜨고 물었어요.

"그게 뭔데요?"

"사람과 사람은 정으로 사는 거야. 모든 것을
돈으로 따져서 살면 세상이 피곤해지거든. 세상엔
돈으로 살 수 없는 것이 훨씬 많단다."

운보는 고개를
갸우뚱거리며
말했어요.

"그런데 우리 엄마,
아빠는 돈이 없으면 기를
펼 수가 없대요. 그래서 돈 벌 수 있을 때 열심히
벌어야 한대요. 우리 엄마, 아빠는 고깃집을
하는데요. 매일 밤늦게 집에 와요."

나는 운보가 저녁에 혼자 밥 먹는 모습을 상상해
보았어요. 괜스레 몸이 추워졌어요.

운보는 마지막 남은 짜장면 한 가닥을 쭈욱 빨아

먹더니 입가에 묻은 짜장 양념까지 혓바닥으로
핥았어요. 정말 맛있었나 봐요.

그러더니 씨익 웃으며 말했어요.

"아저씨가 만든 짜장면은 만 원에 팔아도 될 것
같아요!"

또 돈 이야기.

나는 살짝 인상을 썼어요. 그런데 아빠는 뭐가
그리 좋은지 다시 너털웃음을 터뜨렸어요.

"하하하, 고맙다! 운보한테 합격 점수를 받았네!"

그런데 운보 녀석, 우리 아빠 뒤를 줄레줄레
따라다니면서 계속 질문을 하는 거예요.

"그런데 아저씨는 왜 집에 있어요? 그럼 누가
돈을 벌어요?"

아빠가 대답을 해 주면 묻고 또 묻고, 끝이
없었어요.

자기가 마치 우리 아빠 아들이나 된 것처럼
굴잖아요.

"아저씨, 요리사가 되면 돈을 많이 벌 수 있어요?"

아빠는 무릎을 굽혀 운보의 눈을 바라보며
말했어요.

"운보야, 세상의 모든 것을 돈으로 따지면 안

된단다. 나는 요리하는 것을 정말, 정말 좋아해서
요리사가 되기로 마음먹었단다. 내가 좋아하는 일을
하니까 행복해서 더욱 열심히 하겠지? 열심히 하다

보니 돈도 벌게 되고. 돈보다 중요한 것은 내가 그 일을 하면서 행복한지 아닌지를 아는 거란다. 마지못해 일하면 절대 행복하지 않을 거야."

아빠 말에 운보는 고개를 갸우뚱거리더니 이렇게 말했어요.

"우리 엄마, 아빠는 고깃집 하는 게 행복하지 않대요. 엄마는 나랑 놀고 싶대요. 그래서 제가 가게 나가지 말고 놀자고 했더니 나중을 위해선 참아야 한대요. 다 저를 위해서 돈을 버는 거라면서요."

"그렇구나. 아마 너를 사랑하기 때문에 행복하지 않아도 참고 일하시는 걸 거야. 엄마, 아빠에게는 네가 가장 소중하니까."

아빠가 부엌을 정리하는 동안 나와 운보는 그릇도 옮기고 식탁도 닦았어요.

내일 아침 준비를 하던 아빠는 손을 멈추고

운보에게 물었어요.

"아 참, 운보야. 엄마, 아빠가
우리 집에 있는 거 아시니?
걱정하실 텐데 전화 드리렴."

그런데 운보는 아빠가 하는
말에는 귀도 기울이지 않았어요.
하품을 길게 하더니 금세 졸기
시작하더라고요. 그러더니 아예
배를 깔고 잠이 들었어요. 자기
집처럼 편하게 생각하는 것
같았어요.

아빠가 운보를 소파에 누였어요.

"녀석, 피곤했나 보다. 조금 있다
깨워야겠다."

엄마가 퇴근하고 돌아와 우리

집은 웃음소리, 접시 달그락거리는 소리, 물소리로
가득한데 운보는 아직도 콜콜 자고 있어요.

　오늘 학교에서 돈을 잃어버리고 하루 종일
마음고생을 해서 그럴까요?

　아, 내가 운보 마음을 이해해 줄 필요 없는데 왜
쓸데없는 생각을 하고 있는지 모르겠어요.

　아빠가 살짝 흔들어 깨웠는데도 운보는 일어날
생각을 하지 않았어요. 드르렁드르렁, 시끄럽게
코까지 골면서요.

　"세지야, 운보네 집 몇 동, 몇 호니? 아빠가
운보네 집에 다녀와야겠다. 운보 부모님이 너무
걱정하시겠어."

　나는 운보가 우리 아파트 옆 동으로 들어가는
것은 몇 번 봤지만 몇 호에 사는지는 몰라요.

　아빠가 물었어요.

　"운보 성이 뭐라고 했지?"

나도 모르게 "돈운보예요."라고 말했지 뭐예요!

아빠가 현관문을 나설 때 큰 소리로 아빠를 불렀어요.

"아빠, 걔 성은 '돈'이 아니고 '차' 씨예요. 차운보."

공연히 운보가 성가신 생각이 들었어요. 남의 집에서, 그것도 우리 식구끼리 옹기종기 앉아서 이야기를 나누는 소파에 엎드려 뻔뻔하게 잠을 자다니요.

그런데 운보가 잠이 든 모습을 보니 나도 졸리기 시작했어요. 잠이 전염되었나 봐요.

한밤중에 일어난 소동

"아이쿠, 운보야!"

"죄송합니다."

소란스러운 소리에 잠이 깼어요.

낯선 목소리와 흐느끼는 소리가 범벅이 되어 우리 집은 시끄러웠어요.

나는 꿈인 줄 알고 더 자려고 했는데 "운보야!"라는 어른 목소리가 계속 들렸어요. 꿈이 아닌 것 같았어요.

눈을 비비고 방 밖으로 나오니 어른 두 명이
운보를 끌어안고 있는 거예요.
파마머리를 한 아줌마가 운보의 얼굴을 손으로
쓰다듬으면서 울고 있었어요.
"아휴, 애를 잃어버렸는 줄 알고 한바탕 난리를
쳤지 뭐예요."

운보 아빠로 보이는 뚱뚱한 아저씨가 운보의
머리를 매만지며 말했어요.

"학교 끝나고 학원은 잘 다녀왔는지 집으로
전화했는데 아무리 해도 안 받더라고요. 짜장면
먹고 싶다고 해서 저녁에 짜장면 시켜 먹으라고
돈도 줬는데……. 계속 전화는 안 받고, 혹시나 해서
단골 중국집에 전화해 봤는데 짜장면 안 시켰다고
하고, 거기에도 없다고 하고……. 그때부터 정신이
없더라고요."

운보 아빠는 콧물을 훌쩍거렸어요.

두툼한 손으로 운보 얼굴을 정성스럽게 쓰다듬는
것을 보니 운보를 정말 사랑하는 것 같았어요.

운보 아빠는 잠깐 눈을 지그시 감더니 다시 말을
시작했어요.

"……온통 애 생각 때문에 일도 손에 안 잡히고,
혹시 잠이 들어서 전화를 못 받나 싶어 집으로

뛰어왔는데 애가 안 보이는 거예요. 갈 만한 곳은 다 찾아봤는데……. 어이쿠, 우리 아들을 잃어버렸구나! 아니, 유괴되었나 하는 나쁜 생각도 들고. 가슴이 바짝 졸아드는 게 눈앞이 깜깜하더라고요. 운보 없이 어떻게 사나 하는 생각에 온몸이 사시나무 떨듯 떨리더군요."

그때였어요. 운보가 얼른 끼어들며 말했어요.

"아빠, 엄마하고 돈이랑 살면 되잖아."

우리 엄마, 아빠도 운보 부모님도 눈이 똥그래졌어요.

운보 엄마는 쓸쓸하게 웃더니 운보의 머리를 쓰다듬으며 말했어요.

"에구구, 우리 아들, 엄마가 미안하다. 집에서 맨날 돈, 돈, 돈 이야기만 했나 보다. 어떻게 너하고 돈을 바꿀 수 있겠니?"

운보 엄마는 휴지로 눈물을 찍어 내고는 코까지

팽 풀었어요.

　그러더니 우리 엄마 손을 잡고 한참을
이야기했어요. 오늘 처음 봤는데도 운보 엄마는
우리 엄마와 오래전부터 친한 사이인 것처럼 말을
좔좔좔 쏟아 냈어요.

"아휴, 돈 번다고 애 교육에 신경을 못 써서……
부끄럽네요."

운보 아빠가 우리 아빠를 보고 말했어요.

"운보를 찾으러 다니면서 하나님께 이런 기도까지
했답니다. 우리 애를 찾게 해 주시면 돈을 조금
벌더라도 매주 일요일엔 식당 문을 닫고 애와 놀아
주고, 같이 시간을 보내겠다고요."

운보가 벌떡 일어나더니 외쳤어요.

"아빠, 정말이에요? 이제 일요일엔 나랑 놀아 줄
거죠? 아싸!"

운보는 엉덩이를 실룩거리며 신나게 흔들었어요.

운보 부모님은 운보를 데리고 가면서 우리 엄마,
아빠에게 인사를 하고 또 했어요.

우리 아빠가 운보 아빠에게 말했어요.

"이번 일요일 저녁에 저희 집에서 함께
식사하시지요."

운보가 소리쳤어요.

"아싸! 짜장면!"

운보는 기분이 좋은지 아까보다 더 신나게

엉덩이를 흔들며 춤까지 추는 것 있죠?

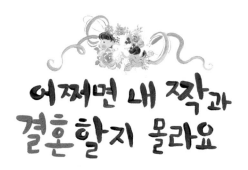

어쩌면 내 짝과 결혼할지 몰라요

우리 반은 두 달에 한 번 짝을 바꿔요.

짝 바꾸는 날, 운보가 손을 번쩍 들고 말했어요.

"선생님, 저, 계속 세지와 짝하고 싶어요!"

우리 반 아이들이 킥킥 웃었어요.

참견쟁이 수언이가 말했어요.

"너, 세지와 결혼할 거니?"

악! 결혼이라니요? 난, 단 한 번도 운보와

결혼한다는 생각을 해 본 적이 없거든요.

그런데 운보가 씨익 웃으며 말했어요.

"아직 잘 모르겠지만 그럴 수도 있어."

아이들이 책상을 탁탁 치며 '우우!' 소리를

냈어요. 수언이가 '딴 딴따딴, 딴 딴따딴!' 하고 결혼

행진곡 노래를 불렀어요.

선생님이 교탁을 두드리자 아이들은 조용해졌어요.
하지만 선생님도 빙그레 웃었어요.

아휴, 이제 창피해서 아이들 얼굴을 어떻게 보죠?
우리 반 제일 멋쟁이인 주현이라면 몰라도, 정말이지
나는 운보와 결혼할 생각은 손톱만큼도 해 본 적이
없거든요.

우씨, 내 얼굴은 화로 범벅이 되어 벌게졌어요.

선생님이 씨익 웃으며 말했어요.

"우리 운보의 소원이라면 들어줘야지. 어제 운보가
쓴 글 내용이 정말 좋았거든."

아, 오늘따라 선생님이 운보에게 너무 인심을 쓰는
것 같아요. 왜 내 마음은 물어보지 않는 건지
속상했어요.

"선생님이 운보가 쓴 글을 읽어 주겠어요."

나는 너무 화가 나서 운보 얼굴은 쳐다보지도 않고
책상만 내려다보았어요.

내가 되고 싶은 사람

차운보

나는 몇 달 전만 해도 '돈'이 되고
싶다고 했다. 엄마와 아빠가 돈이
제일 중요하다고 했기 때문이다.
그런데 요즘엔 엄마와 아빠가 내가
세상에서 제일 중요하다고 말한다.
돈보다 더 중요한 것은 가족의 행복
이라고 한다.
이제 내 꿈은 달라졌다.
나는 행복한 사람이 되고 싶다.
세지 아빠가 돈보다 더 중요한 것은
행복하게 일하는 거라고 했다.
그래서 행복하게 일해서 돈이 생기면
남에게 맛있는 것도 사 주어야겠다.

〈 끝 〉

아이들이 힘차게 박수를 쳤어요.

나는 고개를 들어 운보의 얼굴을 보았어요.

'세지 아빠'는 당연히 우리 아빠를 말하는

것이지요. 그 부분을 들을 때 쌓였던 화가 스르르

꼬리를 감추더라고요.

운보가 두 손을 브이 자로 만들어 아이들을 향해 흔들었어요. 아주 자랑스러운 얼굴로요.

다음 날, 운보가 가방에서 봉투를 꺼내더니 내게 주었어요.

"내가 그린 거야. 돈 주고 산 거 아니야. 다시 짝꿍 된 기념이야."

운보는 '돈'이라는 말에 힘을 주었어요.

나는 다른 아이들이 볼까 봐 몰래 봉투를 열어 보았어요. 괜스레 가슴이 콩닥콩닥 뛰는 것 있죠? 손까지 살짝 떨렸어요.

으악! 너무 창피한 그림이에요.

남자아이와 여자아이가 손을 잡고 있는데, 그 사이에 하트를 그려 놓았어요.

나는 그림을 얼른 가방 속에 넣는 척하며 다시

자세히 보았어요.

남자아이 머리 위에 '차운보'라는 이름이 있고,
여자아이 옆에 화살표가 있고 '세지'라는 이름이
쓰여 있지 뭐예요!

나는 입술을 비죽이며 운보를 살짝 흘겨보았어요.

운보는 뭐가 좋은지 씨익 웃으며 나를 향해 손을
브이 자로 만들어 보이는 거예요.

그런데 기분이 나쁘지 않았어요.

내 가슴 밑에서 알 수 없는 어지러운 느낌이
아지랑이처럼 피어오르더라고요.

아, 이러다가 운보 말대로 커서 운보와 결혼하면
어쩌지요? 아, 몰라! 몰라!

작가의 말

　세상엔 돈 주고 살 수 없는 것이 많습니다. 행복, 웃음, 사랑,
엄마, 아빠, 동생, 나를 위로해 주는 친구⋯⋯. 그런데 돈이면
뭐든 다 살 수 있다고 생각하는 사람들이 있는 것 같아요.

　작품 속 주인공 운보 역시 뭐든 돈으로 사려고 하는
아이지요. 심지어 돈이 되고 싶다고 말합니다. 집에서 매일 돈
이야기만 들어서 모든 것에 값을 매기게 된 거예요.

　나도 어렸을 때 운보처럼 돈, 돈, 돈 생각만 한 적이
있었어요. 뽑기, 왕사탕 등 실컷 군것질을 하고 싶었거든요.
하지만 엄마는 돈을 주지 않았어요. 대신 옥수수, 감자,
고구마를 삶아 주었는데, 거들떠보지도 않았지요. 그즈음 나는
전래 동화 〈혹부리 영감〉을 읽고 도깨비 방망이를 갖고

싶었답니다. 도깨비 방망이를 휘두르면 돈이 펑펑 쏟아져
나오는 상상을 했지요. 먹고 싶은 음식과 갖고 싶은 학용품을
맘껏 사고 싶었습니다. 하지만 살면서 도깨비 방망이가 없다는
것도, 돈이 전부가 아니라는 것도 알았습니다.

돈밖에 모르는 운보 옆에 짝꿍 세지가 있어서 참 다행입니다.
운보에게 돈보다 중요한 것이 있다는 것을 보여 주었으니까요.
앞으로 운보가 모든 것을 돈으로 판단하지 않고 아이다움을
잃지 않는 건강한 아이로 자라나리라 기대해도 좋겠지요.

이 책을 쓰면서 참 많이 웃었습니다. 운보의 행동을 볼
때마다 하하 웃음을 터뜨릴 수 있어서 행복했습니다. 여러분도
이 책을 읽고 밝게 웃을 수 있다면 정말 보람될 것 같습니다.

책에 멋진 그림을 그려 주신 선생님과 책을 만들어 주신
시공주니어 분들에게 고마운 마음을 전합니다.

작은 동화연구실에서 동화를 쓰고 있는 행복한 작가,

조성자